한국 희곡 명작선 25

녹차정원

한국 희곡 명작선 25

녹차정원

이시원

평민사

이시원

녹차정원

등장인물

아버지   (50대 후반)
어머니   (50대 중반)
형   (33살, 뇌성마비 장애인)
누나   (29살)
다롱   (20살, 재수생, 가족들 사이에서 다롱이라 불린다)
하루   (20살, 다롱의 여자친구, 대학생)
남자친구 (31살, 누나의 남자친구)
여자   (30대 중반, 형의 첫 여자)

1.

대청마루가 있는 단독주택.

마당 정원에는 잘 손질된 오래된 소나무 두 그루가 서 있다.

마루 밖으로는 낮은 담장이

담장 너머로는 앞집의 파란 기와가 보인다.

마당 한편에는 장독대가 있고, 장독대 옆에 화단이 있다.

화단의 정원수 밑에는 낮은 키의 꽃들,

그리고 고추와 녹차나무들이 한창 자라고 있다.

수돗가가 있고, 넓은 마당 한편에는 빨랫줄이, 그 빨랫줄엔

수건들이 널려 있다.

마루에 각각 이불을 깔고

낮잠을 자고 있는 아버지와 다롱.

여름 햇살이 부자의 잠든 몸 위로 내리쬔다.

선풍기 소리. 매미 소리.

멀리 초등학교에서 들리는 정오를 알리는 종소리.

아이들의 웅성거리는 소리.

알람시계가 울린다.

다롱이 잠에서 깨어 몸을 뒤척인다.

아버지   (누운 채 눈을 감고) 몇 시냐?

다롱	…
아버지	… 더 안 자니?
다롱	이제 일어나려구요.
아버지	지금 몇 시나 됐니?
다롱	12시요.
아버지	조금 있다 나 좀 깨워줄래?
다롱	이미 깨셨잖아요.
아버지	조금만 더 누워있고 싶은데… 어디 나가냐?
다롱	도서관요.
아버지	이 시간에 가면 자리가 있어?
다롱	네.
아버지	올해는 대학에 갈 생각이구나.
다롱	… 가, 보려구요.
아버지	잘 돼?
다롱	뭐가요?
아버지	공부.
다롱	대학에 가야죠.
아버지	햇볕이 기승을 부리는구나.
다롱	이제 일어나세요. 엄마 올 시간 다 됐어요.

아버지가 뒤척인다.
일어나는가 싶더니 반대쪽으로 돌아눕는 아버지.
매미 소리 왕성해진다.

다롱	또 잔소리 들으시겠어요.
아버지	낮잠이 이젠 습관이 되겠어.
다롱	저도 깜빡 졸았다니까요.
아버지	병원이 몇 시 진찰이랬지?
다롱	열한 시요.
아버지	참…
다롱	왜요?
아버지	니 형 말이다, 그만큼 병원 다녔으면 이젠 혼자 다녀도 되잖아.
다롱	엄마가 같이 가신다고 했어요.
아버지	그러니까 그렇게 어린양 하는 거야. 아프다고 감싸고 하자는 대로 다 해주고.
다롱	형 수술한 거 결과 별로 안 좋다면서요.
아버지	지가 이기겠다는 의지가 없어서 그렇지, 결과는 무슨.
다롱	…
아버지	다롱아.
다롱	네?
아버지	… 난 우리 다롱이가 내 도움 없이도 혼자서 잘 살았으면 좋겠다.
다롱	갑자기 무슨 말씀이세요?
아버지	(혼잣말처럼) 그냥… 그랬으면 좋겠다는 생각이 들어서.
다롱	형 때문에 그러세요?
아버지	학원엔 안 다녀도 되냐?
다롱	하루가 오기로 했어요. 같이 도서관 가려구요.

아버지 아. 그 앤 대학에 갔지 아마?

다롱 네.

아버지 저번에 만났을 때 물어봤었는데…

다롱 뭘요?

아버지 무슨 과에 다니냐구.

다롱 독문과요.

아버지 … 아, 독문과.

다롱 독일어는 남성적인 느낌이라고 농담까지 하셨으면서.

아버지 그랬었나.

다롱 네. 점심 안 드실래요?

아버지 먹어야지. 지금 몇 시나 됐냐.

다롱 12시 5분이요. 그냥 누워 계실 거예요?

아버지 날씨 참 덥다. 시 하나 지어볼래?

다롱 네?

아버지 시 말이야. 왜 예전에 많이 해봤었잖냐, 니 형이랑. 내가 제목을 줄 테니까, 시 하나 지어봐.

다롱 차암, 아버지도. (일어서며) 식사 준비할게요.

다롱은 부엌(주방)으로 들어간다.

다롱목소리 … 제목이 뭔데요?

아버지 … 대문.

다롱목소리 어떤 대문이요?

아버지 우리 집 대문.

다롱목소리 (사이) 아버지.

아버지 왜?

다롱목소리 더우시죠?

아버지 … 덥다.

다롱목소리 시원하게 물 말아 드실래요? 마당에 고추 열린 거 보셨죠?

아버지 벌써 고추가 열렸니?

다롱목소리 제법 많이 달렸던데요.

다롱 (밥상을 들고 나오며) 생각났어요.

아버지 뭐가?

다롱 시요.

아버지 어.

다롱은 정원으로 내려가 고추를 따기 시작한다.
아버지는 일어나 마루에 걸터앉아 햇살을 본다.

다롱 대문. 대문에는 빨간 낙서, 노란 낙서, 파란 낙서.
누가 낙서를 했을까? 대문이 열리면 빨간 사람, 파란 사람, 노란 사람이 들어와요. 낙서를 한 범인들이지요. 우리는 크레용 가족.

아버지 …

다롱 (수돗가로 가서 고추를 씻으며) 역시 시 짓기는 형이랑 같이 해야 재밌어요.

아버지 니 형은 옛날에 시를 참 잘 지었지…

다롱   (마루로 돌아와 밥상 앞에 앉으며) 발음 안 좋다고 흉만 내
시구선. 칭찬도 해주셨음 또 알아요? 형이 시인이 됐을
지.

아버지   … (일어나 안방으로 들어간다)

아버지 안방에서 운동복으로 갈아입고 나오더니
운동용 좌식자전거를 꺼내가지고 온다.

다롱   그건 또 왜 꺼내세요?

아버지   (시범으로 좌식자전거를 타보고는) 저번에 잘 안 돌아 가던
데. 기름칠 좀 해야겠다.

다롱   형한테 또 운동시키려구요?

아버지   너 이리 와서 이것 좀 잡아라.

다롱   … 무리하지 마세요.

아버지   좀 뻑뻑하지, 돌아가는 게?

다롱   고물이에요, 이거.

아버지   타봐.

다롱   (운동기구만 손으로 만지작거린다)

아버지   손을 좀 보면 쓸만할 거다.

다롱   형이요…

아버지   몸도 쓰지 않으면 녹스는 거야, 이 기계처럼 말이다.

다롱   요즘 형이 너무 우울한 거 같아요.

아버지   그게 무슨 뚱딴지같은 소리야?

다롱   이제 형 운동시키는 거 그만하세요.

아버지 (열심히 닦으며) 기름칠도 때가 있는 거야.

아버지는 자전거의 페달을 돌려보고 여기 저기 두드려본다.
다롱이 못마땅한 듯 바라만 보고 있다.

대문을 열고 휠체어를 탄 형이 들어온다.
형은 뇌성마비 모습을 보인다.

다롱 왔어?

형 응.

다롱 왜 혼자 와?

형 (좋지 않은 발음으로) 엄만 시장에. 시장 보러 갔어, 송이
버섯 산다고.

다롱 그 비싼 송이버섯은 왜 자꾸 산대?

형 내 몸에 좋다고. 엄만 건강, 아빠는 운동. (웃는다)

아버지 (형에게) 나가자.

형 … 어딜?

아버지 따라 나와.

형 어디 가는데?

아버지 놀이터, 요 앞에 있는.

형 싫어.

아버지 요즘은 통 운동을 안 하려고 들고, 대체 왜 그러냐. 그
렇게 몸이 약해서 어떡할 거야. 운동을 해야 몸이 제대
로 돌아가지. 그대로 됐다간 올스톱이야, 스톱.

형	…
다롱	(형에게 다가가 수건으로 땀을 닦아주며) 덥지 형?
형	응. 날씨가 찜통이야.
다롱	병원에선 뭐래?
형	(수돗가로 가며) 날씨가 더우니까 (자신의 배를 손가락으로 가리키며) 수술한 데 매일 소독하고, 약 먹고. (세수를 하며) 하루 한 번씩 화장실 가서 볼일 보래.
다롱	형, 똥 잘 눠.
형	응. 요플레도 많이 먹으래, 의사선생님이.

아버지가 자리를 털고 일어나 형의 휠체어 뒤로 간다.

아버지	씻었으면 가자.
형	그럼 좀 쉬었다 가. 방금 왔잖아.
아버지	언제까지 니 엄마가 밀어주는 휠체어나 탈래?
다롱	(아버지에게) 좀 쉬었다 가라고 하세요. 아버지도 점심 드시다 말았잖아요.
아버지	(다롱에게) 넌 냉장고에서 물통 하나 꺼내 와라, 가져가게.
형	오늘은… 운동 안하면 안 돼?
아버지	어제도 하는 둥 마는 둥 했잖아.
형	다 해봤잖아. 아버지가 시키는 대로 다 했어.
아버지	어서 가자.
형	운동으로 뭐가 돼. 그건 아버지가 더 잘 알잖아. (말을

할수록 발음이 부정확해진다)

아버지 (형의 부정확한 발음이 마음에 들지 않는) 뭐라는 거야. 제대로 얘기를 해봐.

형 이젠 내 말도 못 알아들어?

아버지 제대로 얘길 해야 알아듣지.

형 왜 나만 못살게 구냐구.

아버지 너 대체 뭔 얘길 하고 싶은 거야. 하고 싶은 얘긴 똑바로 하라고 했잖아.

형 아무 것도 바꿀 수 없다구. 그러니까 운동 같은 걸로는 내 몸이 안 바뀐다구… (고집스럽게 자신을 내려다보고 있는 아버지 얼굴을 보고는, 답답한 듯) 어휴, 아버지 맘대로 해.

아버지 놀이터 가서 한 시간만 운동하고 오자.

형 알았다구. 가면 되잖아. 빨리 가.

아버지 돌아와서 자전거도 한 시간 타고.

형 알았어. 빨리 가라구. 빨리 가서, 아버지 하고 싶은 대로 다 해.

다롱 …

아버지가 빨랫줄에 널린 수건을 하나 걷어
휠체어 뒷주머니에 넣는다.
휠체어를 밀고 집을 나서는 아버지.
마루엔 밥상 위, 물에 만 밥이 그대로 놓여있다.

하루가 인사를 하며 들어온다.

하루　안녕하세요, 아버님.

아버지　음… 그래. (나간다)

하루　무슨 일 있어? 영재 오빠 화난 얼굴인데.

다롱　명예퇴직이 아버지보다 형을 더 힘들게 해.

하루　집에만 계셔서 그런가?

다롱　점점 더 심해져…

하루　밥 먹던 중이었어?

다롱　어. 같이 먹을래?

하루, 마루로 올라온다.

어머니가 마당으로 들어온다.

어머니의 손엔 검은 비닐봉지가 들려있다.

어머니　하루 왔구나.

하루　안녕하셨어요?

어머니　오랜만이네.

하루　네. 어디 다녀오시는 길인가 봐요.

어머니　응, 시장에.

하루　더우시죠. (선풍기를 돌려주며) 이쪽으로 오세요.

어머니　(마루에 앉으며) 이놈의 날씨가 사람을 삶는다, 삶어.

어머니가 담배를 피워 문다.

그러다 아이스크림이 떠올랐는지
비닐봉지에서 돼지바를 꺼내 하루와 다롱에게 나눠준다.

어머니   먹어, 시원하게.

하루   잘 먹겠습니다.

아이스크림 봉투를 뜯어서 먹는 하루와 다롱.

다롱   아버지랑 형 방금 나갔어요.

어머니   밥은 먹었어?

다롱   하루하고 도서관 갈 거예요.

어머니   (밥상을 보며) 안 먹었구나.

다롱   먹었어요.

어머니   먹던 거 마저 먹고 가. 공부하려면 배가 든든해야지.

어머니   (발밑에 담배를 비벼 끄며) 더워서 어떡하니.

다롱   도서관은 에어컨 빵빵해요.

그제야 비닐봉지에서 아이스크림을 꺼내먹는 어머니.

어머니   (하루를 보며) 어서들 먹고 하나씩 더 먹어. 더워서 다 녹
았네.

하루   … 네.

어머니   (하루에게) 대학 생활은 어떠냐?

하루   아무래도 고등학교 때보단 편해요.

다롱　(가방을 챙겨들고) 다녀올게요.

어머니　먹고 가.

다롱　그냥 도서관에 갈래요.

어머니　… 어디로 간다고 했니?

다롱　도서관요.

어머니　아니, 형하고 아버지.

다롱　요 앞 아파트에 있는 놀이터요.

어머니　갔다 올게. 밥 챙겨먹고 도서관에 가.

하루　다녀오세요.

어머니　(하루에게) 다롱이하고 같이 밥 먹어. 알았지?

하루　네.

어머니가 나가자 다롱은 챙겨든 가방을
마루에 팽개치듯 내려놓고 털썩 앉는다.

하루　도서관 안 갈 거야?

다롱　모르겠다.

하루　그래, 밥 먹구 가자.

다롱　(담배꽁초를 주워서) 휠체어 바퀴는 엄마에게 담배를 물
리고 (앞집 파란지붕을 향해 던지며) 이 우울한 청춘에겐
팔 힘을 길러주는구나.

하루　웬 멜랑꼴리?

다롱　안 어울려?

하루　전혀.

다롱이 검은 비닐봉지 안을 들여다본다.

송이버섯이 그득하다.

그것들을 꺼내 지붕 위로 던져버리는 다롱.

하루는 수돗가로 가서 대아에 담긴 물에 손을 씻는다.

다롱이 옆에 가 앉는다.

하루 … 형은 좀 좋아졌어?

다롱 응. 물 열심히 마시고. 화장실 자주 가고.

하루 니가 관리 좀 해줘. 갑자기 또 아프면 어떡하냐.

다롱 장폐색증이 원래 그렇대. 변빈 줄 알고 대수롭잖게 여기다가 한순간에 퍽.

하루 다시 안 아파야지… 니네 가족들도 힘들고, 너두 그렇고…

다롱 제일 힘든 건 형이지. 집안 공기가 매일 저기압이야.

하루 형 때문에?

다롱 오죽했으면 누나가 독립선언하고 따로 났겠냐.

하루 지혜 언니가 좀 그렇잖아. 요즘도 자주 오시지?

다롱 좀 뜸해지구 쌀쌀해졌어.

하루 그래서 우리 다롱이 외롭고 쓸쓸해? 너 나 없으면 어쩔 뻔했냐.

다롱 그러게. (웃으며) 형한테도 여자친구 하나 있으면 좋겠다.

하루 여자친구?

다롱 응, 여자친구.

하루	그거 괜찮은 생각인데?
다롱	너 같은 여자친구라면 더 좋겠지?
하루	우리가 찾아서 소개 시켜줄까?
다롱	… (사랑스럽게 바라본다) 내가 좋아?
하루	응.
다롱	정말로 내가 좋아?
하루	그렇대두.
다롱	진짜진짜, 내가 좋은 거지?
하루	그래, 이 한심한 재수생.

하루가 대야에 채워져 있던 물을 다롱에게 뿌린다.
다롱도 따라한다. 물을 피해 뛰어다니는 하루.

하루	그만 그만. 밥 먹고 도서관 가야지.
다롱	네!… 라고 할 줄 알았지?

장난치며 뛰어 다니는 두 사람의 모습에서 암전.

2.

비 내리는 날, 저녁 무렵.

마루의 유리문 한쪽이 깨져 있다.
깨진 유리문을 종이테이프로 정리해놓은 모습.

형이 다롱과 함께 방 안에서
야한 비디오(포르노 비디오)를 보고 있다.
쿠션에 기대어 앉아있는 두 사람의 뒷모습이 보인다.
TV에서 흘러나오는 남자와 여자의 신음소리.

형   저런 거 하면 기분이 어때?

다롱 … 몰라. 안 해 봤어.

형   (볼륨을 키운다)

다롱 형, 소리가 너무 커. 좀 줄여. (사이) 근데 이 비디오, 아
         버지가 사다준 거야?

형   응. 옛날에.

다롱 지금은?

형   안 사와. 매일 운동만 하래지 뭐.

다롱 운동하기 싫지, 형.

형   싫지 않지만… 몸이 말을 안 들으니까.

다롱	형.
형	응?
다롱	수술할 때 많이 힘들었지?
형	너무 아파서 정신이 하나도 없었어.
다롱	의사가 형 마취하면 쇼크로 죽을지도 모른다고 했어. 그래서…
형	들었어.
다롱	미안해.
형	니가 뭐가 미안하니? 내 체질이 원래 그런 건데.
다롱	엄마는 형 비명소리 듣자마자 그냥 정신줄을 놓더라. 아버지도 많이 충격 받으셨나봐. 그래서 형 운동시키는 거 같애.
형	응…
다롱	다시 건강해져야 한다구.
형	알아…
다롱	난 아버지랑 엄마도 어떻게 되는 줄 알았어.
형	알았어.

다롱과 형은 말없이 비디오를 본다.

형	비디오 꺼.
다롱	왜?
형	나 혼자 있을게.
다롱	… 그래.

다롱이 마루로 나와 하늘을 본다.

어둠이 짙게 깔려있다. 다시 비디오 소리.

다롱   … 형, 그런 거 많이 보면 머리에 땀띠 나.

형   (대답이 없다)

다롱   형.

형   (대답이 없다)

다롱   비 올 거 같다.

방 안의 비디오 소리만 들린다.

다롱   소리 좀 줄이지 그래.

형   …

다롱   옆집까지 들리겠다.

형   …

다롱   형, … 자?

형   …

다롱   자는 거야?

천둥소리. 다롱이 뭔가 불길한 생각이 들었는지
자리에서 벌떡 일어나 방으로 들어간다.
천둥소리. 비가 거세진다.
다롱, 형을 살피고는 자는 줄 알고 비디오를 끈다.
천둥소리.

형	… 왜 꺼?
다롱	어? 눈 감고 있길래 자는 줄 알았지.
형	천둥소리 듣고 있었어.
다롱	비가 많이 오려나봐.
형	몇 시야?
다롱	…
형	몇 시나 됐어?
다롱	몰라.
형	왜 몰라.
다롱	그런 것 좀 물어보지 마. … 아버지도 그러시거든. 자꾸 물어봐, '지금 몇 시냐?'
형	시간이 가고 있는지… 확인하고 싶은가 보다‥ 아버지도.

사이.

다롱	눈 좀 붙여.
형	(사이) 가려워. 가려워서 잠을 못 자겠어.
다롱	또 어디가. 수술한 데가 가려워?
형	머릿속이. 머릿속에 땀띠가 났나봐.
다롱	머릿속에 땀띠가 어떻게 나.
형	머릿속이 가려워.
다롱	(혼잣말) 아 답답해.
형	죽으면 가려운 것도 답답한 것도 모두 사라질 텐데.

다롱　　그게 무슨 말이야?

형　　의사 선생님이 그러더라. 한번만 더 아파서 수술하면 힘들어진다고. 죽을지도 모른대…

다롱　　(화내며) 그 따위 의사가 뭘 알아? 형 못 깨날까봐, 마취도 제대로 안하고 수술한 사람이야. 그런 의사 말 믿지도 마.

형　　죽는 건 어떤 걸까…

사이.

다롱　　비도 오는데, 우리 라면이라도 끓여먹을까?

형　　… 잘게, 나.

다롱　　김치부침개는 어때?

형　　잘래. 졸려. (형이 눈을 감고 잠을 청한다)

다롱　　… 그래 그럼. 불 꺼줄까?

형　　응.

다롱　　(불을 끄고 나온다. 문을 닫고 문에 기대 혼잣말) 형… 안 죽을 거야.

누나가 우산을 쓰고 마당으로 들어선다.

누나　　왜 거기 서 있어?

다롱　　어… 왔어?

누나　　(우산을 접으며 처마 밑으로. 깨진 유리창을 보고) 무슨 일

있었어?

다롱　서 있지 말고 올라와.

누나　금방 가봐야 돼. 엄마 보러 왔어.

다롱　올라올 시간도 없어?

누나　별일 없지? (마루에 걸터앉는다)

다롱　그럼, 별일 있었으면 좋겠어?

누나　오빠 어때?

다롱　늘 거기서 거기지 뭐. 지금 잔다고 누웠어.

누나　다행이네… 엄마는?

다롱　장례식장에. 아버지 친구 분이 돌아가셨다나봐… 한참 여기 앉아 있다 나갔어.

누나　전화를 하고 올 걸 그랬나. (갑자기) 그런데 넌 허구한 날 집에만 있는 거야?

다롱　그렇지 뭐.

누나　공부하기 싫으면 뭐라도 좀 해. 너 하고 싶은 거 못하게 하는 사람 있니?

다롱　하고 싶은 거?… 없는데.

누나　(한숨) 오빠 병원에선 특별한 말 없었어?

다롱　똥을 못 눠서 생긴 병이니까, 똥 잘 누라고 하지, 뭐. '똥 못 누면 죽을 수도 있다', 알잖아.

누나　이게 진짜 말하는 거 하곤.

다롱　수술한 다음부터 머릿속이 자꾸 가렵대. 아버지가 운동만 시켜서 스트레스도 받는 것 같고. 처음엔 운동도 열심히 하고 그랬는데 요즘은 잘 안 해. 아버지가 운동시

킨다고 놀이터에 가자고 하면… (유리창을 쳐다본다)

누나 유리창을 깼어, 오빠가?

다롱 (휠체어소리를 흉내 내며) 꽈당. 형이 돌진했어.

누나 …

다롱 한바탕 난리가 났었어… 아무래도 형이 좀 변한 것 같아. 예전엔 텔레비전도 끼고 살더니 요즘엔 별로 안 보고. 수술한 다음부터 뭔가 좀 달라.

누나 쓸데없는 소리 마.

다롱 누나도 변했어.

누나 변하긴 누가 변해? 사는 게 다 그렇지.

다롱 아니야. 우리 가족 모두 다 변했어… 변한 게 확실해. 형이 죽을 고비를 넘기면서 우리도 같이 죽었다가 깨어난 거야. 그러니 어떻게 예전이랑 똑같을 수 있겠어! 누나나 엄마나 아버지나 모두 다.

누나 우리집은 너만 잘하면 돼. 알았어?

다롱 에이 진짜… 누난, 그 남자하고는 잘 돼가?

누나 바빠, 둘 다. (돈 봉투를 가방에 꺼내며) 엄마 드려.

다롱 두툼하군.

누나 오빠 수술비에 약값에… 엄마도 힘들겠다.

다롱 아버지 퇴직금 있잖아.

누나 아버지가 왜 명퇴한 줄 몰라?

다롱 그 정도는 나도 알아. 맨날 애들 취급이야.

누나 아는 애가.

다롱 누나도 별로 즐거워 보이지는 않는다. 독립할 거야 독립할 거야 노래 부르더니.

누나　즐거우려고 나간 거 아니야.

앞집 파란 지붕 위로 쏟아지는 빗줄기.
누나가 가방에서 초코바 봉지를 꺼내놓는다.

누나　오빠 일어나면 줘. 좋아하니까.

다롱　미역 초코바네… 도대체 누가 미역으로 초코바 만들 생각을 다 했을까?

누나　…

다롱　(초코바를 먹으며) 미역하고 초코바가 어울린다고 생각해?

누나　…

다롱　(먹어보고) 역시 비려.

누나　(정원을 보며) 엄마랑 아버진 언제나 오실까?

다롱　요즘은 상가 집 가면 늦게 오시던데.

누나　그런 데서 오래 있으니까, 우울증만 더 심해지는 거야.

다롱　아는 분들이 하 둘 씩 돌아가시니까, 안 갈 수도 없잖아.

누나　(짧은 한숨. 짧은 사이) 공부는 할만 해?

다롱　그럭저럭.

누나　그렇게 해서 돼?

다롱　그만해. 내 일은 내가 알아서 할 거야.

누나　퍽이나.

다롱　　누나야말로 그 남자 어디가 좋아? 난 좀 실망이야.

누나　　실망할 거 없어. 나한텐 좋은 사람이야.

다롱　　…

누나　　(봉투를 가리키며) 엄마 꼭 드려. 딴 데 쓰지 말고.

다롱　　아이 씨, 날 뭘로 보고.

누나　　(가방을 챙긴다)

다롱　　누나, 근데…

누나　　뭐.

다롱　　누나도 결혼하고, 아버지나 엄마가 어떻게 되기라도 하면 형은… 아니야.

누나　　오빠가 뭐.

다롱　　형도 결혼할 수 있을까?

누나　　쓸데없는 생각 말고, 니 할 일이나 해. (일어난다) 간다.

다롱　　누나, 라면이라도 먹고 가지.

누나가 우산을 받치고 집을 나선다.
형의 인기척이 들린다.

형 목소리　가려워. 가려워. 머릿속이 가려워.

다롱　　(방으로 들어가며) 형, 왜 그래.

형 목소리　가려워. 가려워.

다롱목소리　어디? 여기?

형 목소리　아아아.

다롱목소리　어디가 가려운데.

형 목소리   머리가. 머리 반쪽이.

다롱목소리   머리 어디?

형 목소리   머리 안에. 머리 안에.

다롱이 형 방에서 튀어나와 마루에 대자로 뻗어버린다.

형의 잦아드는 목소리를 뒤로 하고 바깥 풍경에 시선을 돌리

는 다롱.

3.

하루와 다롱이 마루에 누워있다.

여름날 오후, 푸르른 정원에 내리쬐는 햇살이 눈부시다.

빨랫줄에는 형의 옷가지들이 바람에 나부끼고 있다.

선풍기 돌아가는 소리.

요란한 매미 소리.

초등학교에서 들리는 아이들의 웅성거림,

멀리 사라져간다.

하루 우리도 매일 학교 운동장에서 놀았었는데.

다롱 여기 누워서 학교 종소리 들으면 괜히 졸음이 와.

하루 종소리는 여전히 똑같다.

다롱 우리처럼.

하루 (몸을 다롱 쪽으로 돌리고) 너 왼쪽 겨드랑이에 향수 쓰니?

다롱 앗. (땀 냄새를 맡아보고는 손으로 가린다) 미안.

하루 그 냄새 좋아. 사람을 황홀하게 만드는 착한 냄새야.

다롱 좀 이상해, 그런 말.

하루 나 만날 때 샤워하지 마.

다롱이 이불 밖으로 손을 뻗어 하루의 손을 잡는다.

손을 꼭 잡는 두 사람.

둘은 이제 막 섹스를 하고 난 다음이다.

다롱   샤워하려고 했는데 못하겠네.

하루   좀 이따가 같이 하자.

다롱   같이? 좋지.

하루   … 넌 웃을 때 네 번째 앞니가 귀여워.

다롱   (웃는 입모양을 만들어 보며) 내가 웃을 때 네 번째 앞니까지 보인단 말야?

하루   흰 돌 같아. 맘에 들어. (안으며) 너도, 오늘 한 것도, 다 좋아.

다롱   오늘 우리집에서 잘래?

하루   우리집 통금시간 열시 땡, 몰라?

다롱   대학 가면 자유로워질 줄 알았더니.

하루   대신 매일매일 놀러오잖아.

다롱   항상 같이 있고 싶다. 낮에도 밤에도, 내일도 모레도, 앞으로도 계속.

하루   우리, 달력 만들어서 매일매일 동그라미 치자.

다롱   1년 달력을 다 채우는 거야.

하루   365번?

다롱   꼭 버스 번호 같다.

다롱   (하루 품에 안긴다) 니가 좋아.

하루가 다롱을 꼭 껴안아 준다.

다롱	일어날까?
하루	쫌만 더 누워 있자.
다롱	(일어나며) 대학 가더니 게으름만 늘었어. (주방 쪽으로 간다)
하루	왜?
다롱	물 갖다 줄게.
하루	시원한 물로.

다롱이 부엌에서 물을 가져와 하루에게 건넨다.
마루에 앉아 앞집의 파란 지붕을 바라본다.

다롱	담배꽁초가 많아졌네.
하루	그러게.
다롱	응. (일어서며) 집안이 이런데 재수한다는 게 어쩐지 사치스러운 것 같아.
하루	(기지개켜며) 아―, 저 태양처럼 살고 싶은데.
다롱	(따라하며) 아―, 저 태양처럼 살고 싶은데.
하루	니가 하니까 웃겨.

다롱이 가방에서 CD를 꺼낸다.
하루 일어나 다롱 옆으로.

다롱	이 CD, 너무 강한 거 아닐까?
하루	그 정도 AV쯤이야.

다롱   너도 보고 놀랬잖아.

하루   그런데 니네 형, 너무 컴퓨터만 하는 거 아냐? 사람들 좀 만나라 그래.

다롱   사람들이랑 같이 있는 거 별로 안 좋아해.

하루   복지관에 여자친구 없대?

다롱   낯선 사람 앞에선 얘기도 안하는데, 무슨.

하루   이런 거 본다고 무슨 도움이 될까? (다롱의 손을 잡고) 내가 널 만지는 느낌. 너희 형은 이 느낌을 못 가져볼지도 모르잖아.

다롱   알아. 이런 성인물, 아무 소용없다는 거.

하루   다를 게 뭐 있어. 우리랑 비슷하겠지.

다롱   우리처럼?… 그랬음 좋겠다.

하루   내가 수수께끼 하나 낼게, 맞춰볼래?

다롱   수수께끼? 좋아. 대신, 내가 맞추면 찐하게 키스해주기.

하루   못 맞추면 니가 물구나무 서 있기다. 홀딱 벗구.

다롱   좋아!

하루   다섯 마리 토끼가 달리기 경주를 합니다. 일등 하던 첫 번째 토끼가 자신에게 말했어요 (토끼 목소리로) 내 뒤에는 네 마리의 토끼가 달리고 있어. 그러자 두 번째로 달리던 토끼도 말했어요. 내 뒤엔 세 마리의 토끼가 달리고 있어. 이에 질세라 세 번째 달리던 토끼도 말했어요, 내 뒤엔 두 마리. 네 번째 토끼도, 내 뒤엔 한 마리, 하고 말했답니다. 그러자 꼴찌 하던 다섯 번째 토끼가, '내 뒤에는 네 마리의 토끼가 달리고 있어' 그랬대요.

다섯 번째 토끼가 왜 그렇게 말했게요?

다롱   음, 꼬리 이어달리기?

하루   삑.

다롱   뒤로 달리기?

하루   삑.

다롱   그럼?

하루   다섯 번째 토끼의, 거짓말.

다롱   아 뭐야 그게.

하루   벗어 빨리.

다롱   진짜 벗어버린다.

하루   벗어봐.

다롱   (벗는 척 하다가 하루를 세게 껴안으며) 니가 좋아. 나의 다
          섯 번째 토끼!

하루   숨 막혀. (다롱이 팔을 풀며) 우리도 다섯 번째 토끼처럼
          꿋꿋하게. 알았지?

다롱   오케이! 배고프지? 내가 맛있는 거 해줄게. 뭐 먹고
          싶어?

하루   글쎄, 뭘 먹으면 좋을까

다롱   냉면 어때?

하루   좋아. 냉면 당첨! 콧속이 찡하면 온몸의 세포들이 살아
          날 거야.

다롱은 부엌으로 들어가 냉면을 만들기 시작한다.

하루는 휴대폰을 꺼내 마루에서 뒹굴뒹굴 게임을 한다.

칼도마 소리.

다롱목소리 (리듬을 타며) 냉면을 맛있게 만드는 법. 먼저 면을 잘 삶아야 한다. 집에서 냉면을 만들 때 실패하는 이유는 면을 잘못 삶기 때문이다…

하루 (문득 생각난 듯) 섹스 도우미를 소개시켜주는 방법도 있지 않을까?

다롱목소리 … 응? 뭐라고 그랬어?

하루 형 말이야. 요즘은 인터넷으로 장애우들 만남을 주선해주기도 한다잖아.

다롱목소리 인터넷?

하루 인터넷 카페에다 글을 남겨보는 거지. '중증지체장애인의 일일 활동보조자를 구합니다. 장애인인 저의 형은 30대 초반으로, 활동보조자는 젊은 여성분이면 좋겠습니다. 한나절 함께 시간을 보내주시면 사례하겠습니다.'

다롱목소리 그런데 형이 사랑을 할 수 있을까?

하루 아마도.

다롱목소리 잘 모르겠다… (기분을 털어내듯) 겨자 초장 만들기. 연겨자, 식초, 물 두 큰 술, 소금, 국간장 한 작은 술…

도마 위에서 오이가 경쾌하게 썰리는 소리.
대문 밖에서 누나와 누나의 남자친구 목소리가 들린다.
남자친구 목소리 쩌렁쩌렁 울린다.

남자친구목소리 … 아니, 왜 그럽니까? 자기 집에 오면서 왜 말 한 마디 없는 겁니까, 평소엔 쫑알쫑알 말만 잘하던 사람이. 이게 뭡니까. 집안에 숨겨둔 애인이라도 있는 겁니까, 정말? 저 의심합니다, 지혜씨.

누나목소리 … 다음에 와요 우리.

남자친구목소리 다 왔잖아요. 내가 창피합니까, 지혜씨?

누나목소리 목소리 때문에 창피해지려고 해요.

남자친구목소리 뭡니까. 자기 집에 오면서 온 동네를 **삥삥** 돌고. 가뜩이나 더워 죽겠는데.

누나목소리 자꾸 이럴 거예요?

다롱이 부엌에서 나와, 대문 쪽을 바라본다.

하루가 일어나서 이불을 갠다.

남자친구목소리 원래 깜짝 방문이 스릴 있고 그런 거예요. 사위 될 사람이 아직까지 장인 장모 얼굴을 모른다는 게 말이 됩니까? 내가 틀린 말 했습니까?

누나목소리 싸울 거면 가세요. 여기까지 온 것도 큰 맘 먹고 온 거니까.

남자친구목소리 알았어요. 갈게요. 그냥 가면 안 싸우는 거죠? 그래도 집 앞까지 왔는데 시원한 차 한 잔은 얻어먹고 가야 되는 거 아닙니까. (마당쪽 기웃거리며) 이렇게 시끄러운데 안 내다보시는 거 보면 집에 아무도 안계신가 보네.

남자친구가 성큼성큼 마당으로 걸어 들어온다.

누나가 뒤따라 들어온다. 손에 웨딩부케를 들고 있다.

남자와 누나는 모두 말끔한 정장을 하고 있다.

남자친구 어이, 처남! 오랜만이야.

다롱 (남자친구에게) 안녕하세요? (누나에게) 왔어? 어디, 갔다
오는 길이야?

하루 안녕하셨어요, 언니? (남자친구를 보며) 안녕하세요?

누나 (하루에게) 응. 잘 있었니? (다롱에게) 집에 아무도 없어?

남자친구 (하루를 보며) 아, 이 예쁜 아가씨는 (다롱이 보며) 우리 처
남의?

누나 (남자친구 옆구리를 쿡 치며 눈치 준다)

다롱 제 여자친구, 하루예요.

남자친구 처음 뵙겠습니다. 저는 최지혜 씨의 남자친구 김진용이
라고 합니다. 하하하. (자신을 쳐다보고 있는 누나를 보고
는) 이젠 입 다물고 있을게요, 눈에 힘 좀 풀어요.

하루 면접 보러 오셨나 봐요.

남자친구 네? 아, 말하자면 그렇죠, 하하. 입안이 얼얼한 차 한
잔 얻어 마실까 해서 들어왔습니다.

다롱 (하루에게 부탁하는 눈짓) 하루야.

하루 잠깐만 기다리세요.

다롱 좀 올라오세요.

남자친구와 누나 마루로 올라가고,

하루가 차를 타러 부엌으로 들어간다.

남자친구 오늘 기쁜 날이거든. 지혜 씨가 부케를 받았어. 30만원
이나 하는 부케. 이게 30만 원짜리 부케면 뭐하냐구.
우리 지혜 씨 미모 앞에서는 팍 시들어버리는데. 하하
하. (혼자 웃고는) 근데 장인어른하고 장모님은 어디 가
셨나보네?

다롱 형 데리고 해병대 극기 훈련에 가셨어요.

남자친구 극기 훈련?

다롱 네. 3박 4일 프로그램이니까 모레나 오실 거예요.

남자친구 어머님 아버님 연세에도 극기 훈련을 하시나?

다롱 우리 형, 아시죠? 장애인들은 그런 프로그램 자주 가
요. 성취욕을 고취시키느니어쩌느니 하면서 만들어 놓
은 거 되게 많거든요.

누나 (따지듯) 그게 잘못 된 거니?

다롱 그렇다는 거야.

남자친구 부모님 어디 가셨냐고 물어봤으니까 처남이 설명을 한
건데, 뭐 그깟 일로 목소릴 높입니까. 소심하게.

하루 목소리 그냥, 녹차로 다 탈 게요.

남자친구 네. 아무 거나 좋습니다. 얼얼한 거요.

하루 목소리 네, 얼얼한 거요.

남자친구 얼얼하지 않으면 빠꾸시킵니다. 하하.

하루가 냉녹차를 쟁반에 받쳐 들고 나온다.

하루　　얼얼한 거 나왔습니다.

남자친구　와, 잘 마시겠습니다.

다롱　　고마워.

남자친구　(차가운 녹차를 한 모금 마시고) 캬~ 얼얼하네. 합격.

하루　　저기 마당에 핀 잎을 갈아서 만든 거예요.

남자친구　저게 무슨 나뭅니까?

하루　　녹차나무래요.

남자친구　말만 들었지 집에서 키우는 건 처음 보는데요. 수익성이 좋습니까?

하루　　수익성까진 모르겠지만, 보기도 좋고 나름 유용한 식물이에요.

남자친구　네에. 그런데 둘이서 재밌게 놀고 있는데 우리가 방해된 거 아닙니까?

하루　　아니에요. 다롱이랑 같이 공부하다가, 날씨가 너무 좋아서 잠시 쉬는 중이었어요.

남자친구　이런 화창한 날씨에 공부는 안 어울리죠. (남은 차를 단숨에 들이키고는) 하, 정말 싱싱한 차 잎이라 그런지 맛있는데요.

다롱　　냉면 만들던 참이었는데 같이 드세요.

남자친구　처남이 직접 만들어 주는 거야? 아직 지혜 씨 음식 솜씨도 못 봤는데 처남 실력부터 보겠군 그래.

다롱　　좀 기다려, 누나.

다롱이 냉면을 만들러 부엌으로 들어간다.

누나가 부엌으로 따라 들어간다.

남자친구와 남겨진 하루 멋쩍게 앉아 있다.

두 사람 어색하게 웃는다.

남자친구 마당에 정원이 있으니까 좋군요. 눈이 시원해지는 게.

하루 네. 저도 놀러오면 저기 있는 호스로 물을 주는데, 재밌어요.

남자친구 나는 아파트에 살아서 그런지, 마당에 물을 뿌릴 수 있다는 말만 들어도 신나는데요? 제가 또 재밌는 일이라면 발 벗고 찾아다니는 타입이라. 하하.

하루 다음에 오시면 같이 물 주기로 해요. 오늘은 제가 줬거든요.

남자친구 재미있어지려면 지혜 씨보다 하루 씨에게 잘 보여야겠군요.

하루 그렇게 생각하세요?

남자친구 그렇게 생각되는데요?

하루 (멋쩍게 웃으며) 그럼… 재미있는 얘기 하나 해주실래요?

남자친구 지금요?

하루 네. 재밌는 얘기 듣고 냉면 먹으면 더 맛있을 것 같아요.

남자친구 재밌는 얘기는 반말로 해야 재밌는데. 그래도… 괜찮겠니?

하루 (고개를 끄덕인다) 네.

남자친구 난 학교 다닐 때 줄곧 전교 1등만 했거든.

하루 정말요?

남자친구 마음속으로 말이야. 하하하 (웃는다)

하루 (어색하게 웃으며)

남자친구 오케이, 그건 워밍업이었고. (분위기 잡고) 군대 있을 때 얘긴데, 깊은 밤 산 속에서 야간 보초를 서고 있는데, 갑자기 배가 너무 아픈 거야. 그래서 고참 몰래 화장실에 가서 볼일을 봤거든. 그런데 그때 뒤에서!

하루 …

남자친구 갑자기 뒤에서!

하루 … 뒤에서요?

남자친구 모기가 물었어. (혼자 웃는다)

하루 아이, 허탈해요.

남자친구 허탈하다 이거지. 알았어. 이번엔 진짜. (진지하게) 어젯밤에 회사 끝나고 집에 돌아가는데… 아파트 상가 골목에 불이 다 꺼져있는 거야. 이렇게 어두울리 없는데 이상하다, 생각하면서 쭈뼛쭈뼛 걸어가는데, 컴컴하던 정육점 쇼윈도에 뻘건 불이 확 켜지는 거야. 깜짝 놀라서 뒤돌아 도망치는데, 갑자기 모퉁이를 도는 순간 그냥 확!

하루 (기대하며) 왜요? 뭐가 있었어요?

남자친구 그냥 확!

하루 (기대하는)

남자친구 신발이 벗겨졌어.

하루 (허무하다는 듯 웃어준다)

남자친구 원래 이런 허무개그가 진짜 웃기는 거야. 하하하

누나가 부엌에서 나오면서 화를 낸다. 다롱 따라 나온다.
누나는 마루를 내려가 화단 앞쪽으로.

누나 그게 말이 돼?

다롱 그런 게 있다니까.

누나 그래서 오빠를 여관에 데려다 놓고 여자를 부르겠다
      고?

다롱 그게 뭐 어때? 우린 다 성인이고, 형도 여자 만날 수 있
      는 거잖아.

누나 그게 지금 니가 신경 쓸 문제니?

다롱 누나는 형이 이대로 살다 죽었음 좋겠어?

누나 죽긴 누가 죽어!

다롱 누나!

누나 그리고 여자랑 자는 게 뭐가 그렇게 중요해. 오빠는 지
      금 자기 몸 하나 추스르는 것도 벅찬 사람이야.

다롱 그건 누나 생각이지.

누나 시끄러. 쓸데없는 걱정 말고 공부나 해.

다롱 누나는 말만 막히면 공부하래. 누나 생각만 하지 말고
      형 생각도 좀 해.

누나 내 생각만 한다구?

다롱 뭐가 아냐? 누나는 누나 소원대로 나가서 독립했잖아.

누나 얘가 점점…

다롱 내가 돈 벌면 이런 말 하지도 않는다, 뭐.

누나 도대체 너까지 왜 그래?

다롱	우리 형이니까 그래. 지금까진 모른 척만 했으니까.
누나	오빠도 지겹겠다. 생각해준다고 식구마다 사사건건 참견이나 하고.
다롱	참견하는 게 아냐. 형이 원하는 거지.
누나	정작 본인은 조용한데, 니가 왜 난리야?
다롱	형이 말할 수 있는 문제면 누나한테 이런 말 하지도 않아.
누나	너 정말…!
다롱	알았어, 알았어. 공부할게, 공부나 한다고. 누나가 몰라서 그렇지, 형이 갖고 있는 성인물이 몇 갠 줄 알아?
누나	뭐야?

다롱, 씩씩대며 마루로 올라와 부엌으로 들어가 버린다.
신경질적으로 수저와 그릇을 챙기는 소리와
덜그럭덜그럭 그릇 부딪히는 소리가 크게 들린다.
누나 마루에 걸터앉는다.
남자친구와 하루, 누나의 눈치를 본다.
다롱이 냉면그릇이 올려져있는 밥상을 들고 나온다.

다롱	누나밖에 없단 말야. 우리 집에서 돈 버는 사람이 누가 있어?
누나	더 얘기하면 밥맛 떨어지니까, 그만해!
다롱	밥이 아니라 냉면이야. 물냉면. (상을 내려놓고) 누난 형 이 즐거운 게 싫어?

누나   그만하라고 했다.

하루와 남자친구, 밥상 앞에서 어색하게 앉아있다.

다롱   (남자친구에게) 죄송해요.
누나   이래요, 우리 집은. 그래서 집에 오기 싫어하는 거예요.
남자친구 집안 일이 다 그렇죠. 처남이 냉면 맛있게 만들었는데 먹고 화 풀어요. (냄새를 맡으며 과장되게) 와~ 냄새는 호텔 주방장급이네. 맛있겠다.

좀처럼 분위기가 밝아지지 않는다.
하루가 냉면 그릇을 누나의 앞쪽으로 밀어준다.

다롱   (누나에게) 누나는 외로운 적 없어?
누나   …
다롱   그런 문제는 아무도 입 밖에 내지도 않고, 얘기한다고 해서 들어주지도 않잖아. 그건 누구에게나 있는 욕망이야. 우울한 형한테도 활력소가 될 테고.
누나   다들 그렇게 생각할 것 같아?
다롱   알지만 말을 안 하는 것뿐이잖아.
누나   알긴 뭘 알아. 세상이 니 맘을 다 알아준대?
다롱   사람을 만날 기회가 없으니까, 그 기회를 만들어주겠다는 거뿐이야.
누나   그런다고 뭐가 바뀌어? 서로 모른 척 하는 게 더 편하다는 거 알잖아.

다롱 누가 뭘 바꾸고 싶대? 난 누나가 얘기하는 그런 거 몰라. 난 그냥 형이 즐거웠으면 좋겠어. 잠깐이라도 행복해서 웃었으면 좋겠단 말야.

누나 니가 부추기지 않아도 다들 힘들어.

다롱 지겨워, 그런 말. 그냥 좀 도와주면 안 돼? 그럼 내가 다 알아서 한다니까.

누나 적당히 해!

다롱 …

누나 … 외로움? … 우리 가족은 외로울 새도 없었어. 외로우면 지는 거라고 생각했으니까.

네 사람 아무 말 없이 밥상 앞에 앉아
그저 냉면만 바라본다.

4.

비가 온다.

마루에는 비오는 날 오후의 이른 어둠이 내려 앉아 있다.

다롱은 누워서 책을 보고 있고

어머니는 신문지를 펴놓고 열무를 다듬고 있다.

어머니　도서관을 가든지 해야지, 누워서 책을 보면 그게 눈에
　　　　　들어와?

다롱　　비 오잖아.

어머니　비가 오니까 도서관에 가라는 거지.

다롱　　(책을 덮으며 돌아눕고) 도서관은 창이 너무 넓어.

아버지가 거실로 나온다.

아버지는 방금 잠에서 깬 듯 가벼운 셔츠에 파자마 차림이다.

두리번거리는 아버지.

어머니　뭘 그렇게 두리번거려요?

아버지　큰 애는?

어머니　좀 전에 뜯뜨고 방에 누워있어.

아버지　(아무 말 없이 안방으로 들어간다)

어머니　저 사람이… (계속해서 열무를 다듬으며, 다롱에게) 너 그러

고 누워 있다 또 자겠다.

다롱 안 잘 거야.

어머니 비가 그치질 않네.

아버지가 운동복차림으로 안방에서 나온다.
어머니가 뭔가 짐작한 듯 손을 옷에 문지르며 급하게 일어나
형 방으로 들어가려는 아버지를 잡는다.

어머니 나 좀 봐요. 나하고 얘기 좀 해. (아버지를 안방으로 끌고
들어가며) 이제 큰 애 내버려 둬. 왜 그렇게 애를 못살게
굴어.

아버지 못살게 굴다니. 당신은 큰 애가 건강해지는 게 싫어?

어머니 수술한 지 얼마나 됐다고.

아버지 물리치료는 빠를수록 좋은 거야.

어머니 당신도 의사 얘기 들었잖아. 쉬어야 한다고.

아버지 그깟 엉터리 의사 나부랭이가 뭘 알아? 내가 알아서 할
거야.

어머니 억지 쓰지 말어.

아버지 운동이야. 의사 말대로 물리치료, 운동치료라고.

어머니 계속 고집 부릴 거야?

형 방으로 들어가는 아버지. 어머니 따라 들어간다.

아버지목소리 어서 일어나라. 운동하러 나가자

어머니목소리　자는 애를 왜 깨워?

아버지목소리　당신한테 가자고 안했어.

어머니목소리　비 오는 것도 안보여?

아버지목소리　그래서?

어머니목소리　얼마 전에 다친 손이 아물지도 않았잖아.

아버지목소리　어서 일어나 휠체어에 앉아라. 수술하고는 혼자 휠
　　　　　　　체어에도 못 앉잖냐. 그나마 있던 팔 힘까지 약해져서
　　　　　　　는…

마루에서 대화를 듣고 있던 다롱은
이리저리 자세를 바꿔가며 책에 집중하려 한다.

어머니목소리　어, 어… 조심해. 그러다 침대에서 떨어지겠다.

아버지목소리　당신은 조용히 좀 해.

형목소리　아버지, 오늘은…

아버지목소리　나를 잡아. 자, 어깨에 팔을 두르고… 아니, 이렇게
　　　　　　　두르고.

어머니목소리　그렇게 하면 애가 어떻게 서.

아버지목소리　나한테 기대서. 의사 말 못 들었냐. 운동을 안 하니
　　　　　　　까 그런 병이 생기고 근육이 굳는다잖아.

형목소리　비 오니까 다리가 더 풀려…

어머니목소리　비나 그치면 운동을 하든가.

아버지목소리　어제도 쉬었잖아. 꾸준히 해도 모자랄 판에.

형목소리　어어… 다리…

아버지목소리 (무언가에 부딪히는 소리, 쿵 떨어지는 소리) 어이쿠.

다롱이 발딱 일어난다.

어머니목소리 그러게, 어쩌려고 애 다리를 그렇게 잡아 올려.
아버지목소리 됐다.

휠체어를 탄 형과 아버지와 어머니가 거실로 나온다.

어머니 비가 오잖아.
아버지 (우산 두 개를 가져와서 어머니에게 내밀며) 당신이 씌워.
어머니 (우산을 받아들며, 체념한 듯) 이런 날 무슨 운동이고, 모래밭이야?
아버지 수술 전엔 이렇진 않았어. 다리가 이렇게 흔들흔들 풀려가지고선.
어머니 바퀴가 쑥쑥 빠지는데 휠체어가 앞으로 나갈 거 같애?
아버지 그게 무슨 상관이야. 걷는 연습하는데.
어머니 연습이 되냐구.
아버지 더 운동이 되겠지. 젖은 모래밭에서 나오는 게 우리 목적이잖아!
형 그만 좀 해, 아버지.
아버지 (형의 다리를 만지며) 이게 뭐냐? 다리다. 못 걸으면 서기라도 해야지.
어머니 쓸데없는 고집 좀 그만 부려.

아버지　　다롱아, 여기 좀 잡아라.

다롱이 휠체어의 한쪽을 잡는다.
아버지는 차력사 같은 기합소리를 내더니
형이 탄 휠체어의 한쪽을 번쩍 들고는 마당에 내려놓는다.
우산을 펴고 휠체어 손잡이를 움켜쥐는 아버지.

아버지　　가자.
어머니　　당신 혼자나 가, 애 잡지 말고.
형　　　　엄마… 나 괜찮아, 운동하고 올게.

아버지와 형은 밖으로 나가고,
다롱과 어머니는 마루 끝에 앉는다.
어머니가 한숨을 쉬며 담배를 피워 문다.

다롱　　　엄마…
어머니　　… 비가 많이 온다.
다롱　　　형은 괜찮을까?
어머니　　니 형은 마루에 앉아서 비 오는 거 보는 걸 좋아하는데.
다롱　　　이젠 비 내리는 것도 좋아하지 않겠지?
어머니　　모래밭이라면 끔찍이 싫어한다, 니 형은.
다롱　　　아버지도 알아.
어머니　　우산이나 제대로 쓰고 있을까?

빗줄기가 거세진다.

멍하니 앉아있던 어머니가 담배를 끄고 일어선다.

어머니　아무래도 가봐야겠다.

어머니 방으로 들어간다.

다롱은 어머니가 비벼 끈 담배꽁초를 주워

앞집 파란 지붕 위로 힘껏 집어 던진다.

어머니목소리　다롱아, 큰 타올 못 봤니? 니 형이 해병대에서 타 갖
고 온 거.

다롱　맨 아래 칸에 없어?

어머니목소리　그걸 어디에 둔 거야, 대체. 분명히 빨아서 넣어 뒀
는데.

어머니가 우비를 껴입으며 안방에서 나와 형 방으로 건너간다.

어머니목소리　여기 어디 둔 것 같은데… '해병대전우회'라고 써져
있는데, 그거 못 봤어?

다롱　잘 찾아봐. 거기 어디 있겠지.

어머니목소리　니 형이 그거 받을 때 눈물을 다 흘리더라. 수술하고
깨어나서도 한번 울지 않던 애가… 몸이 성치 않다고,
남들 다 하는 마취도 제대로 안 해줬잖니. 진통제도 없
이 그 아픈 걸 견뎠는데.

그때 형과 아버지, 마당으로 들어온다.
형과 아버지의 옷은 온통 젖은 모래투성이다.

다롱   엄마!

어머니가 형 방에서 나와 아버지와 형을 보고 마루 한가운데
우뚝 멈춰 선다.
맨발로 형에게로 뛰어 내려가는 어머니.
다롱도 뛰어 나가 형을 부축한다.
아버지가 성큼성큼 마루로 와서 걸터앉는다.

어머니   무슨 일이야? 옷이 왜 이래.
형   …
아버지   …
다롱   넘어진 거야, 형?

다롱이 형을 데리고 마루로 올라간다.

어머니   (따라가며 아버지에게) 당신 미쳤어? 애를 이렇게. 흙투성
이가 되도록 뭘한 거야?

다롱이 안방으로 뛰어 들어가 수건들을 들고 나온다.
수건을 펼쳐 형의 어깨를 덮어주는데,
'해병대전우회' 라고 써진 글씨체가 선명하다.

아버지　(수건으로 얼굴을 문지르며) 아니, 몸을 조금만 돌려주면 훨씬 수월하잖아. 계속 하던 건데, 오늘은 왜 못 해 그걸.

어머니　비 오는 날 모래밭으로 데려간 사람이 누군데?

아버지　팔에 힘만 조금 주면, 저절로 운동이 된다구.

어머니　도대체 당신 머릿속에 뭐가 있는 거야?

아버지　저 녀석이 뻣뻣하게 버티잖아.

형　그만 좀 해. 내가 없어질게. 수술 받았을 때, 그때 죽었 어야 했는데.

어머니　(다롱에게) 니 형 데리고 방으로 들어가.

다롱　응.

다롱은 형을 부축해 방으로 들어간다.

누나가 들어와 마당가에 선다. 누나도 흙투성이다.

그러나 아무도 누나가 눈에 들어오지 않는다.

어머니　내가 못살아. 애 입에서 저런 말까지 나오는 걸 들어야 속이 시원해?

아버지　버팅기는데 별 수 있어? 그러니까 모래밭에 나뒹굴지.

어머니　뒹굴었어?

아버지　저놈의 휠체어가 문제야. 도통 운동을 안 하려 든다구.

어머니　재가 휠체어 없으면.

아버지　저렇게 약해 빠져서. 내가 잘못 키웠어.

어머니　재 마취에서 안 깨어날 때 당신 뭐라고 그랬어?

아버지   깨어났으니까 살길을 찾는 거 아냐.

어머니   그럼 당신부터 정신 차리고 살어.

아버지   애들이 지 앞가림을 해야 내가 살지.

아버지가 모래투성이인 채 안방으로 들어가 버린다.
어머니는 휠체어를 접어 마루 앞으로 가져간다.
수건으로 휠체어 바퀴를 닦는 어머니.
거세지는 빗소리.
먹구름이 몰려와 마당은 한층 더 어둡다.
바퀴를 정성스레 닦던 어머니가 휠체어를 쓰다듬으며 소리죽여 운다.

다롱   엄마…

어머니는 다롱이 부르는 목소리를 느끼지 못하는 듯, 반응이
없다.

누나   엄마…

다롱이 그제야 나무 밑에 서 있는 누나를 본다.

다롱   누나.

어머니   … 니가 웬일이니?

누나   … 엄마.

어머니	아니, 언제부터 거기 서있었던 거야? (눈물을 훔친다)
누나	… 집에 오다가 놀이터에서 아버지랑 오빠를 만났어.
어머니	그럼 들어오잖고, 왜 거기 서 있어!
누나	오빠가 넘어졌는데, 너무 무거워서… 아버지랑 나랑 일으키려고 해도 안돼서… (울먹인다)
어머니	얘기 그만하고 들어와. 어서 올라와.
누나	몰랐어… 난 정말 몰랐어. 비에 젖은 아버지랑 오빠가… 난 정말… 도저히 일으켜 세울 수가 없을 것만 같았어.
어머니	올라 와서 몸 좀 녹여.
다롱	(마당으로 내려서며) 들어와 누나.
누나	(눈물을 훔치고 진정하고) 그냥 갈게…

누나가 돌아서서 나가려고 하다가 되돌아와 다롱을 쳐다본다.
다롱 누나 곁으로 다가간다.

다롱	누나… 괜찮아?
누나	(엄마를 한번 보고는 핸드백에서 돈 봉투를 꺼내 다롱에게 건넨다) 이거.
다롱	뭐야?
누나	오빠는 혼자서 옷 벗는 것도 잘 못해. 알고 있지?
다롱	…!
누나	내 마음이야. 오빠한테 주는 선물이라고 생각해.
다롱	누나…

비가 쏟아지고,
누나가 나가고,
다롱이 마당 한가운데 서 있다.

5.

늦여름의 한낮.

마루 한가운데 형이 양복을 입고 휠체어에 앉아있다.

양말을 손에 꼭 쥐고 있는 형.

다롱이 마루에 신문을 깔고 형의 발톱을 깎아주고 있다.

다롱　　형. 발가락에 힘 좀 빼.

형　　　잘 안 돼.

다롱　　엄지발가락은 깎을 수가 없잖아.

형　　　안 깎으면 안 돼?

다롱　　안 돼. 창피하잖아.

형　　　… 그럼 깎아.

다롱　　또 힘주고 있다.

형　　　힘 안줬어.

다롱　　그래도 뻣뻣한데?

형　　　그래?

다롱　　그만 깎을까?

형　　　마저 깎아.

다롱　　(콧노래를 부른다) 그런데, 형.

형　　　응?

다롱　　좀 떨리지 않아?

형	… 응. 떨려. 텔레비전에서 선보는 거 많이 봤는데.
다롱	텔레비전? (웃으며) 좀 다르지.
형	(시무룩해서) … 쑥스럽다.
다롱	왜?
형	여자랑만 둘이서 어떻게 있냐?
다롱	처음엔 다 그래. 그러다가 좋으면 손도 잡고 뽀뽀도 하고 그러는 거지.
형	… (웃는다)
다롱	(마지막 발톱을 자르며) 다 끝났다.

다롱은 마루 이곳저곳으로 튄 형의 발톱을
손바닥으로 긁어모은다. 그리곤 신문을 둘둘 만다.

다롱	형, 양말 신자.
형	(양말을 건네준다)
다롱	(양말을 신기려 하는데 잘 들어가지 않는다) 발가락에 힘 좀 빼.
형	… 뺐어. 다시 해봐.
다롱	오른쪽. (신기고) 좋아. 자, 이번엔 왼쪽. (신기고) 됐다.

다롱이 신발장으로 간다.

다롱목소리	(열어보고) 형, 여기에 있는 거 다 가지고 나가?
형	응.

여러 켤레의 신발을 들고 나오는 다롱.

대부분이 찍찍이 신발이고, 색색 가지다.

검은색 구두와 파란색, 베이지색, 회색, 하얀색 운동화 등

형	어떤 게 좋아? 니가 골라줘.
다롱	(검은 구두를 가리키며) 이게 최근에 산 거 아냐?
형	…
다롱	왜, 싫어?
형	좀… 불편해.
다롱	(회색을 들어 보이며) 이건?
형	(고개를 저으며) 찍찍이는 어려보이잖아.
다롱	그럼 형이 골라.
형	검정 운동화 신을래.
다롱	이건 끈 있는 건데. 풀리면 형이 묶을 수 없잖아.
형	괜찮아.
다롱	그럼 신어볼까? (신발을 신기고 끈을 묶으려 한다)
형	내가 묶어볼게. (힘만 들뿐 묶지 못한다)
다롱	거봐. 잘 안되잖아. 내가 해줄게.
형	이거 안 신을래. 하얀색 찍찍이 신발 줘.
다롱	하얀색은 좀 작은 거 같은데, 이게 맞을까? (신기고) 어? 발 사이즈가 예전 그대로네.
형	못 걸으니까 그렇지.
다롱	검은 양복에 하얀 운동화, 꼭 교도소에서 나온 사람 같다.

형	나쁜 사람처럼 보여?
다롱	아니. (무스를 손바닥 가득 덜어서) 자, 이제 무스를 바릅니다.

형의 머리에 무스를 발라주는 다롱.
귀 밑머리까지 쭉쭉 잡아당기며 모양을 내준다.
형은 자꾸만 넥타이를 만진다.

다롱	넥타이 자꾸 만지지마.
형	답답해.
다롱	참아. 젠틀맨처럼 보여야지.
형	알았어.
다롱	답답해도 풀지 마.

넥타이를 다시 바로 잡아주는 다롱.

다롱	이제 아~하고 입 벌려봐.
형	아~.
다롱	더 크게, 아~하고 벌려봐.
형	아~.
다롱	삼키지 마. (입냄새 제거제를 뿌리고) 자, 입 가까이 손대고 후~하고 불어봐.
형	(그대로 따라 한다)
다롱	좋은 냄새 나지?

형	응.
다롱	아차, 형 팔 좀 벌려봐. (향수를 집어든다)
형	(두 팔을 벌리며) 힘들어.
다롱	(형의 겨드랑이 냄새를 맡으며) 역시! 우린 형제야.
형	왜?
다롱	(향수를 뿌리며) 어쩐다. 냄새가 좀 나는데. 형은 땀을 많이 흘리니까… (고개를 저으며) 아냐. 여긴 그대로 둬야겠다. 여기 냄새를 좋아하는 여자도 있거든.
형	(두 팔을 벌린 채) 팔 내려도 돼?
다롱	응. 다 끝났어.

하루가 마당으로 들어온다.

하루	다 돼가?
다롱	왔어?
하루	안녕하세요, 오빠?
형	(쑥스러운 웃음을 띠며 손을 흔든다)

다롱이 마당으로 내려간다.
마당가에서 대화를 나누는 두 사람.

하루	통화는 잘 된 거야?
다롱	목소리가 예쁘고 차분한 여자였어.
하루	그건 말했지? 그런 건 분명하게 말해놔야 돼.

다롱 응. 생각해보고 연락한다고 했는데, 진짜 연락 해왔어.

하루 만나기로 약속해놓고 안 나오는 사람도 있다던데.

다롱 몇 번이나 확인했어.

하루 잘 되겠지?

다롱 그래, 그럴 거야.

하루 비만 오더니 오늘은 날씨도 좋네.

다롱 (마루로 가서) 휠체어 이쪽으로 갖다줄래?

하루 응. (마당가의 휠체어를 마루 앞쪽으로 가져온다)

다롱은 형을 부축해 휠체어에 태운다.

하루 오빠, 근사해요.

형 (쑥스럽게 웃는다)

다롱 (손수건을 챙겨주며) 손수건.

형 (받아 들고 이마를 닦는다)

다롱 (휠체어를 밀며) 형, 이제 출발이다.

다롱과 하루 그리고 형이 탄 휠체어가 집밖으로 모습을 감춘다.
마루와 마당의 텅 빈 공간에 햇살이 내리쬔다.

사이.

가족이 모두 나가고 없는 텅 빈 마루.

매미 소리.

누나가 대문을 들어선다.

슈퍼 봉지들과 수박을 두 손 가득 들고 있는 누나.

누나는 마루에 물건들을 내려놓고 시들한 화단과 정원에 물을 준다.

그리고는 봉지를 부엌에 두고 걸레를 들고 나와 형 방으로 들어간다.

형 방에서 라디오음악 소리가 흘러나온다.

누나가 콧노래를 흥얼거리며 형의 방을 닦는다.

다시 라디오를 들고 마루로 나와 마루를 닦기 시작하는 누나.

그러다 마룻바닥 틈에 뭔가 낀 것을 발견한다.

손톱으로 집어 빼려하지만, 쉽지 않다.

누나는 마룻바닥 틈에 낀 것을 무시하고,

다시 걸레질을 한다.

마루를 닦고는 빨래를 들고 나와 빨랫줄에 넌다.

축 처지는 빨랫줄.

아버지와 어머니가 마당으로 들어선다.

아버지의 손에는 신문이 들려 있다.

딸의 모습을 지켜보는 아버지와 어머니.

아버지 뭐 하는 거니?

누나 아이, 깜짝이야.

아버지 왜 그렇게 놀래.

누나	어디 다녀오세요?
아버지	바람 좀 쐬러.
어머니	웬 수박이 이렇게 크대니?
누나	… 과일 차가 지나가길래 샀어.

아버지는 마루에 앉아 라디오의 채널을 이리저리 바꾸다 고정시키고는 신문을 읽기 시작한다.

누나	엄마?
어머니	응?
누나	… 아냐.
어머니	… 왜?
누나	그냥. 딸이 엄마 부르면 안 되나?
어머니	좋은 일 있어? 왜 자꾸 웃어.
누나	…
어머니	회사 다니는 건 괜찮고?
누나	그럭저럭.
어머니	넌 어째 점점 마르는 것 같다. 밥은 제때 먹고 다녀?
누나	잘 챙겨먹어. 참, … 냉장고에 무슨 요플레를 그렇게 많이 사다났어? 냉장고 문 열기만 해도 질리더라.
어머니	니 아버지 아니면 누구 그런 일을 하겠니.
누나	냉장고에 양념갈비 좀 사다났어, 쌈채소들하고.
어머니	무슨 날이니?
누나	그냥 같이 저녁 먹으려고. 그리고 엄마, 빨래는 제때 널

지 않으면 옷에서 물비린내 나. 세탁기 돌려놓고 무슨 딴 생각을 한 거야?

어머니 내 정신 좀 봐. 지금 니가 다 넌 거니?

누나 그래.

어머니 난 내가 넣고 나간 줄 알았지.

누나 엄마두 참. (아빠 눈치를 살피고) 엄마!?

어머니 왜 자꾸 불러.

누나가 귓속말로 어머니에게 뭔가를 말한다.

어머니 뭐?!

누나 (고개를 끄덕인다)

어머니 … 그게 정말이니?

아버지가 모녀를 잠시 쳐다보곤 다시 신문을 읽는다.
라디오 소리가 시끄럽다.

어머니 …

누나 아빠한테도 얘기할까? (엄마가 얘기하라는 눈짓)

어머니 …

부엌으로 들어가는 누나.
어머니가 아버지 옆에 앉아 라디오 볼륨을 줄인다.

아버지 왜 건들고 그래.

다시 라디오 볼륨을 더 크게 높이는 아버지.
어머니가 다시 볼륨을 줄이고, 아버지가 다시 올린다.

어머니 하여튼, 누가 최씨 고집 아니랄까봐.
아버지 왜 가만있는 사람을 가지고 그래?
어머니 나 좀 봐, 신문 그만 보고.
아버지 왜 쟤가 뭐라고 그래?
어머니 쟤한테 뭐 잘못한 거라도 있어?
아버지 …

어머니가 앞집 파란 지붕을 바라보며, 아버지에게 뭔가 말하는 어머니.
라디오 소리에 묻힐 정도의 목소리다.
아버지가 신문에서 시선을 떼고 어머니를 쳐다본다.
아버지 라디오를 끄고 천천히 일어난다.

아버지 …

아버지와 어머니, 한참동안 앞집 지붕을 바라본다.

아버지 (딴청 부리듯) 어, 저게 뭐지?

마루에서 내려와 담장 가까이 가는 아버지. 고개를 빼들고 쳐다본다.

어머니 뭐가 있어요?

아버지 담배꽁초 같은데. 누가 담배를 피우고 저기에.

어머니 … 다롱인 아니에요.

아버지 그럼, 당신이야?

어머니 일어나 살그머니 부엌으로 들어간다.
뒤돌아서 텅 빈 마루를 바라보는 아버지.
그러더니 늘어져 있는 빨랫줄을 아래로 잡아당겨 본다.

아버지 지혜야! … 지혜야!

누나목소리 네.

아버지 거기서 뭐하냐?

누나목소리 식사 준비해요.

아버지 그건 니 엄마한테 하라 그러구, 넌 나하고 할 일이 있다.

누나목소리 … 무슨 일인데요?

아버지 이리 좀 나와 봐.

누나 (행주로 손을 닦으며) 무슨 일인데요?

아버지 빨랫줄이 처져서… 이쪽 것 좀 잡아당겨 봐라.

누나가 마당으로 나가 빨랫줄을 팽팽하게 잡아당긴다.
마치 자주 해봤던 것처럼.

누나　　(잡아당기며) 됐어요?

아버지　　그러고 가만있어. (안방으로 들어간다)

누나　　이거 하다 어디가세요?

아버지　　잠깐만 있어.

누나　　뭐 찾는 거예요?

아버지목소리　　… 여기 어디다 뒀던 것 같은데…

누나　　언제까지 이러고 있어요.

아버지목소리　　… 여보, 펜치 어딨어?

어머니목소리　　뭐요?

아버지목소리　　공구상자 어딨냐구?

어머니목소리　　그걸 내가 어떻게 알아요?

아버지목소리　　당신이 나보다 기억력이 좋잖아.

어머니목소리　　뭐라구요?

아버지목소리　　밥이나 하라구!

누나가 밝게 웃는다.
빨랫줄을 놓고, 누나가 마루에 앉는다.
여름날의 해가 뉘엿뉘엿 저물어 간다.

대문 두드리는 소리. 휠체어가 대문을 통과하는 소리.
다롱과 형이 마당으로 들어선다.

다롱　　다녀왔습니다.

고무장갑 낀 손으로 부엌에서 마루로 나오는 엄마.

펜치와 철사를 든 채 안방에서 나오는 아버지.

가족들의 환한 표정에 형의 표정이 얼떨떨하다.

누나   왜 이렇게 늦었어?

다롱   정자에 좀 앉아있었어. 바람도 시원하고, 형이 땀을 많이 흘려서.

어머니   니 누나가 양념갈비 사왔어. 어서들 올라와서 저녁 먹자. 고기가 맛있어 뵈더라.

형   … (아버지를 보며) 운동은요?

아버지   어서들 씻어라. 밥 먹자.

형의 표정 그제야 밝아진다.

수돗가로 다가가 수건에 물을 묻혀 형의 얼굴을 닦아주는 다롱.

누나가 옆으로 다가가 다정하게 거든다.

어머니   내 정신 좀 봐. 슈퍼에 간다는 게.

아버지   있는 거 먹지 지금 또 뭘 사러가?

어머니   송이버섯 사러가요. (형 가리키며) 쟤 몸에 좋은 거 많이 먹이라면서. (나간다)

시원한 바람.

저녁노을이 마당가에 내려앉는다.

6.

12월 초의 한낮. 화창한 날씨.
따스한 겨울 햇살이 마루에 누워 있는 형의 몸 위로 내리쬐
고 있다.
마루 옆에는 깨끗하게 빨아놓은 운동화가 놓여있다.
누워 있던 형이 등 쿠션에 기대어 앉는다.
하얀색 운동화를 혼자서 신어보려 하는 형,
하지만 발에 힘이 들어갈수록 다리가 떨리고 몸이 비틀어지
고 만다.

형   다롱아~ 다롱아~

운동화에 발가락만 겨우 끼워 넣은 채

형   다롱아~ 엄마~ 다롱아~

형의 목소리 점점 신경질적으로 높아간다.
발끝에 걸려있던 운동화를 마루턱 밑으로 툭, 차버리고는.

형   (화를 내며) 에이 씨.

다시 운동화를 신어보려 하지만
역시나 생각대로 되지 않는다.
발끝에 걸린 운동화를 발로 차버리고 반듯이 누워버리는 형.
중얼거리듯 '혜진씨' 하고 낮게 불러본다.

한숨을 쉬고, 그러다가 흐느끼는 형.
초겨울의 따스한 햇살이 환하게 넓어지면서 마루를 비춘다.
형의 몸이 밝게 빛나는가 싶더니
경직된 몸에서 모든 힘이 빠져 나간 것처럼 몸이 풀린다.
굽었던 형의 목과 어깨와 팔과 다리가 서서히 풀리고
꿈을 꾸는 듯 얼굴 표정도 밝고 부드러워진다.

형이 천천히 몸을 일으켜 마루에 걸터앉는다.
너무나 자연스런 자세로 운동화를 신는 형,
형은 운동화에 붙은 찍찍이를 떼었다가 가지런히 붙이기를
반복한다,
이렇게 쉬운 것이 그간 왜 그리 힘들었는지 알 수 없다는 얼
굴로.

한 여자가 대문을 열고, 마당 안으로 들어선다.
파란색 원피스를 입고 하얀 토드백을 든 여자.
여자가 들어선 자리가 파란 바다 빛으로 물든다.
마치 파란 지붕이 바다처럼 일렁이고 있는 듯.

형이 여자를 본다. 입가에 미소가 활짝 번진다.
형과 눈이 마주치자 여자의 얼굴에도 미소가 번진다.

형   ··· 어서 와요.

여자   잘 지냈어요?

형   (고개를 젓다가, 이내 고개를 끄덕인다) ··· 당신은요?

여자   (형의 제스처를 따라하며, 고개를 젓다가, 이내 고개를 끄덕인
            다) 잘 지냈어요.

형   어떻게, 우리 집을 알았어요?

여자   여길 보고 싶었어요, 당신이 얘기 했던 이 마당이요. 마
            루에 누워서 파란지붕을 바라보면, 바다에 있는 것 같
            다고 말했었잖아요. 마당을 걷는 당신을 상상해 봤어
            요, 바다 속을 걷는 당신을요. 어떤 모습으로 당신은 걷
            고 있을까.

여자 앞으로 걸어가서 적당히 간격을 두고 서는 형.

여자   몸이 건강해졌네요.

형   다시 만나서 반가워요. 다시는 못 보는 줄 알았어요.

여자   (웃으며) 나보다 키가 크네요.

형   이렇게 누군가를 내려다보는 건 처음이에요.

여자   목소리도 좋은데요. 하는 말들, 잘 알아들을 수 있어요.

형   (쑥스럽게 웃는) 보고 싶었어요, 그 날 이후로 계속.

여자   씩씩한 목소리, 듣기 좋아요.

형　… 날 잊지 않았었군요. 정말로 날… 잊지 않았었군요.
　　　잘 왔어요.

여자가 손을 내민다.
형이 여자의 손을 살며시 잡는다. 둘은 악수를 한다.

여자　소리가 들리는 것 같아요. 이 소리 들려요?
형　소리요?
여자　(눈을 감으며) 파도 소리.
형　(눈을 따라 감으며)… 파도 소리.

정말로 먼 곳에서부터 파도 소리가 들려온다.
잠시 소리를 듣다가

형　… 그 날, 정말 고마웠어요. 나, 땀이 많이 나서 혼났는
　　　데…, 곤란했었죠?
여자　아니요. 영재 씨를 처음 봤을 때 생각했어요. '이런 눈
　　　빛을 하고 있는 사람이라면, 나 할 수 있어. 이렇게 내
　　　앞에서 떨고 있는 사람이라면, 옷을 벗어도 부끄럽지
　　　않아.'
형　… 내 이름을 기억하고 있네요.
여자　다른 것들도 기억하는 걸요. 영재 씨가 준 미역초코바.
　　　영재 씨가 헤어지면서 나한테 했던 마지막 말.
형　내가 뭐라고 말했나요, 마지막에?

74

여자   나를 만나줘서 고맙습니다. (웃는다)

형은 쑥스러운 듯 머리를 긁적인다.
그러다 뭔가 번득 생각났는지 급히 방으로 뛰어 들어간다.
형이 대나무바구니를 들고 방에서 나온다.
바구니에는 작게 포장된 초코바가 가득 담겨있다.
마루턱에 앉는 형.

형   (옆자리를 가리키며) 여기 앉아요. 여기가 햇볕이 따뜻해
        요.

여자가 마루로 와서 형 옆에 앉는다.
형이 바구니를 여자에게 내민다.
여자가 초코바를 집는다. 형도 하나 집는다.
둘은 나란히 앉아 봉지를 뜯고 초코바를 입에 넣는다.

형   내 손가락이 자유로워지면, 꼭 해보고 싶은 게 있었는
        데… 뭔지 알아요?

여자   뭔데요?

형   (바구니에서 새 초코바를 꺼내들며) 껍질을 까는 거예요.
        이 두 손으로. (능숙하게 껍질을 깐다) 이렇게, 이렇게, 이
        렇게. 누가 먼저 더 빨리 껍질을 깔 수 있는지 내기 해
        볼래요?

여자   좋아요.

형	20초 안에 껍질을 많이 까는 사람이 이기는 거예요.
여자	좋아요 (손목시계를 풀어 두 사람 사이에 놓는다)
형	그럼. 준비. 시… 작.

둘은 열심히 초코바 껍질을 깐다.
형은 마치 껍질 까기 운동선수 같다.
시계를 보고 '스톱' 하고 외치는 형.

여자	하나, 둘, 셋, 넷, 다섯, 여섯, 일곱, 여덟, 아홉.
형	하나, 둘, 셋, 넷, 다섯, 여섯… 열일곱, 열여덟, 열아홉, 스물. 내가 이겼어요! 나, 껍질까기 운동선수 같죠?

여자가 감탄스런 표정으로 형의 얼굴을 바라본다.

형	왜요? 얼굴에 뭐 묻었어요?
여자	아뇨. 빨라요, 정말!
형	또 있어요. 사람들이 내 말을 못 알아들을 때마다, 속으로 해보고 또 해봤던 거. (목소리를 가다듬고) 흠 흠. 창경궁 창살은 쌍창살, 창경궁 창살은 쌍창살. 이분은 박 법학박사이고, 저분은 백 법학박사이다. 작년의 솥장사 헌 솥장사, 금년의 솥장사 새 솥장사.

형은 완벽한 발음으로 발음연습문장을 읊어낸다.
여자가 소리 내어 웃는다. 그러더니 형처럼 허리를 꼿꼿이 세

우고 형의 발음연습문장을 따라해 본다.

여자　창경궁 창살은 쌍찰살, 창경궁 찰살은 창창살… 이분이
　　　　박 법합밥사이고, 저분이 뱁 법합팝삽이다…

자꾸 발음이 꼬이는 여자. 형은 깔깔대며 웃는다.

여자　작년의 솔장사 헌솔살자, 금년의 속장사 새속상자…

웃는 형과 여자.
둘은 데이트를 하는 연인처럼 즐겁다.

형　아, 여름이 또 다시 왔으면 좋겠어요… (여름날을 회상하
　　　　며 꿈꾸듯) 내가 텔레비전을 보자고 하니까 당신이 눈을
　　　　동그랗게 뜨고 나를 봤죠. 이불 속에서 우린 텔레비전
　　　　을 봤잖아요. 텔레비전을 보고 있는데 당신이 내 손을
　　　　꼭 잡아줬어요. 그리고… 일곱 개의 단추를 하나하나
　　　　풀어줬어요.

여자　너무 긴장해서 단추를 풀 때 손에 땀이 났어요. (쑥스러
　　　　운 웃음) 내가 리드를 하는 건 처음이었거든요.

형　당신이 가고 난 뒤 혼자 생각했어요. 이건 꿈일 거야…
　　　　모텔 복도에 붉은색 카펫이 깔려 있었잖아요, 휠체어를
　　　　타고 거기를 나오는데, 하늘을 나는 기분이 드는 거예
　　　　요. 역시 현실일 리 없어, 하고 생각했죠. 절대 그런 경

험은 해보지 못할 줄 알았거든요.

여자 영재 씨는 다정한 사람이에요.

형 (망설이다가) 저랑, 다시 한 번 만나주시면 안될까요?

여자 …

형 그냥, 한 번만 더, 혜진 씨를 만나서… 다른 사람들처럼 밥도 먹고 차도 마시고… 그럼 나도 보통사람처럼 살고 있다는 느낌이 들 것 같아요.

여자 … 미안해요. 영재 씨와 연인이 될 수는 없을 것 같아요.

형 아니에요. 미안해하지 말아요. 내가 미안해요. 바보 같은 애길 해서. (머뭇거리다가) 날 중심으로 돌아가는 이 집이 싫어요. 떠나고 싶어요.

여자 … 영재 씨는 가족들을 사랑한다고 말했었잖아요.

형 언제까지요? 사람들에겐 저마다 각자의 삶이 있잖아요. 사람들은 다 그렇게 살잖아요. 엄마도 아버지도, 지혜랑 다롱이도, 그렇게 살아야 돼요. 그런데 내가 그걸 뺏으며 살아온 거예요.

여자 가족들은 그렇게 생각하지 않을 거예요.

형 난 받기만 하며 살아 왔는 걸요. 태어날 때부터 쭉 그랬고, 죽을 때까지도 그럴 거라구요. 도움 없인 아무 것도 할 수 없으니까… 내가 가족한테 해줄 수 있는 건 아무 것도 없어요. 그런데 당신을 만나고 나서, 작지만 그 방법을 찾았어요.

여자 뭔데요, 그 방법이?

형   (머뭇거리다가) 독립이요! 당신을 만나고 나서야 내가 마음까지 다른 사람들에게 의존하며 살았다는 걸 깨달았어요. 비록 몸은 불편하지만 혼자 설 수도 있었을 텐데, 난 그러지 못했어요. 내가 가족에게 해줄 수 있는 유일한 일은… 자립하는 거였어요.

여자   가족에게 있어선 그 누구도 영재 씨를 대신 할 수 없어요.

형   … 한 번만 더, 날 만나주면 안 돼요? 지금까지와는 다른 내가 될 수 있게요.

여자   … 영재 씨를 좋아해요. 하지만 사람들한테는 저마다 살아야 할 삶이 있어요. 이해해줘요.

형   …

여자   그날 무척 걱정했었는데, 영재 씨처럼 좋은 사람을 만나서 다행이라고 생각했어요.

형   저는 정말 행복했어요. 혜진 씨가 어떤 대답을 해도 원망하지 않아요. 누구도 원망하지 않아요. 그냥 그런 기회가 생긴다면, 당신과 이 마당을 걸어보고 싶었어요. 나에겐 숲이고 바다고 하늘이고 꿈속인 곳. (꿈꾸듯) 당신이 그 마당에 서 있어요. 나는 아버지의 자전거를 꺼내 타고 당신을 마중 나가요. 당신을 자전거에 태우고 바다 속을 달리죠. 바다는 하늘이 되고 우리는 구름 위를 달려요. 바큇살에 부딪히는 햇살이 쨍강쨍강 소리 내며 우릴 따라와요. "아버지. 내가 달리고 있어요. 자전거를 타고, 모래 위를 달려요, 구름 위를 달려요" 나는 그곳에서 정말 자유로워지는 거예요. 파도가 밀려왔다 구름에 부딪혀 밀려가는 그 하늘바닷가에 방 하나 엮을래요. 거기엔 나 혼자 살아요. 아, 혼자 살고 싶다. 혼자 일어나 아침을 맞고 내 손으로 밥을 짓고 국을 끓이고 그리고 혼자 먹어요. 사람을 외롭게 하는 '관계'도 '기대'도 없는 곳. 그렇게 시작할래요. 외롭지 않으려고 사람들과 싸우고, 세상에 지지 않으려고 나 자신과 싸우다 지친 나를 초대해 위로해줄래요. "사람은 누구나 고독한 거란다. 밝아지려고 하면 할수록 더 어두워지지." 그제서야 아버지가, 엄마가, 지혜와 다롱이가 투명하고 환하게 보여요… 저 마당 한편, 내 마음이 사는 집, 보여요? 당신에게도 보여주고 싶어요. 내 '몸'이 누군가의 눈물이지 않을 때… 내 '말'이 누군가에게 짐이 되지 않을 때… 내가 오롯이 나로 존재할 수 있다면… 언제라도 그런 날이 오면, 나와 마주앉은 누군가에게, 나를 바라보는 누구나에게, 마음을 가득 담아 소리칠래요. "사랑해요" 속삭일래요. "사랑해요"라고. (사이) 하지만 이 모든 건 꿈속에서만 가능하겠죠… 내가 욕심이 많았나 봐요. 불가능한 일을 원했던 적이 없었는데…, 당신을 만나고 그만 욕심을 부렸던 거예요.

여자   (자리에서 일어선다)… 이제 가봐야 할 것 같아요.

형   고마워요, 나를 꿈꾸게 해줘서. 이렇게 날 만나러 와줘서… 또 와줄 거죠, 그 여름이 다시오면. 그 때 다시 만나요.

여자	잘 지내요, 건강하게.
형	(초코바를 건네며) 고마워요. 잊지 않을게요.

여자는 대문 앞에 서서 형을 돌아다보더니 이내 밖으로 나간다.
몇 걸음 나와서 여자를 바라보던 형은 뒤돌아서서
자신이 누워있던 마루와 마당을 둘러본다.
눈이 부신지 이마에 손을 올려 그늘을 만든다.
형은 신발을 벗어들고 마루로 올라와 눕는다.
운동화를 손에 꼭 쥐는 형.

형의 몸이 서서히 뒤틀린다.
팔과 다리가 뒤틀리고, 목과 어깨가 딱딱하게 굳어간다.
형은 운동화를 손에 쥔 채 '혜진씨' 하고 낮게 부른다.
아기처럼 동그랗게 몸을 마는 형.
겨울 햇살이 형의 등에 내려앉는다.
형의 몸이 눈이 녹아내리듯 스르르 풀어져버린다.

7.

형의 장례식 날, 12월 초의 오후.
방에는 병풍이 세워져 있다.
병풍 앞에 놓인 작은 제단,
그 위에 조촐하게 향이 피워져 있다.
닫혀있는 거실(마루) 유리문 밖으로,
누나의 남자친구와 하루의 모습이 보인다.
둘은 검은 정장 차림.

남자친구 어, 눈 온다!

남자가 거실 유리문을 열고, 소리친다.

남자친구 하루야, 눈 온다.
하루 (서둘러 유리문 쪽으로 가며) 어디요?

하루가 남자친구가 가리키는 하늘을 바라본다.

하루 어디요?
남자친구 … 조금 기다려봐.
하루 어디요? 안 보이는데요.

남자친구　　방금 전까지 떨어졌어.

하루　　(마루로 되돌아오며) 안 오나 봐요.

남자친구　　방금 전에 내 콧등 위로 하나가 뚝 떨어졌다구.

하루　　…

남자친구　　내가 잘못 봤나. 분명히 내 요 콧등에 떨어졌는데.

하루　　한 잠도 못 주무셨죠, 어제?

남자친구　　분명 내 콧등에서 눈송이가 사르르 녹았는데.

남자와 하루가 유리문을 닫고 마루로 들어온다.

하루가 형이 즐겨 사용하던 라디오를 켜본다.

거의 들리지 않을 정도의 소리로 음악이 흐른다.

하루　　거기 그렇게 많은 철새들이 모여 있는 줄은 몰랐어요,
　　　　　이 동네서 20년을 살았는데…

남자친구　　나도 처음 봤어.

하루　　오빠 유골은 새들의 먹이가 되겠죠?

남자친구　　그러겠지.

하루　　새들이 다시 돌아올까요?

남자친구　　내년 겨울에는 돌아오지 않을까? 철새들이니까.

하루　　오빠도 매년 거기에서 다롱이를 만나겠네요.

남자친구　　아까 장례식장에 휠체어 타고 온 사람 말야, 머리 길게
　　　　　기르고. 남자였어?

하루　　네.

남자친구　　역시 '여자친구는 하나도 없었다' 기대했었는데…

사이.

남자친구   … 좀 늦으시네.

하루   자리를 뜨시는 게 쉽지 않겠죠.

남자친구   말로 다 어떻게 하겠어.

하루   …

남자친구   한번만 더 버텨냈으면 좋았을 걸. 그렇게 쉽게 재발될
             줄은 몰랐지.

하루   그리고 보니까 오빠는 사람들보다 TV랑 라디오랑 더
             친했던 것 같아요.

남자친구   …

하루   (라디오를 끈다) 언니가 너무 많이 울어서 마음이 아프시
             겠어요.

남자친구   슬픔을 나눈다는 게 참 어려운 것 같아. 할 수 있는 게
             고작 옆에 서 있는 것 밖에 없으니.

하루   아까 언니가 올 때, 아저씨가 옆에 있어서 다행이라고
             생각했어요.

남자친구   (미소 지으며) 이거 어깨가 무거워지는데? 재미있는 유
             머를 더 많이 개발해야겠어.

하루   상대방 기분을 좋게 하는 마력을 갖고 계시니까 조금만
             더 하시면 될 것 같은데요.

남자친구   (웃으며) 그래?

하루   (웃는다)

둘은 애써 웃어보지만 웃음은 분위기를 더욱 쓸쓸하게 만든다.
하루, 일어나 유리문 가까이 다가가 하늘을 본다.

남자친구　눈 와?

하루　아직 잘 모르겠어요.

남자친구　내가 헛것을 본 건가.

하루　우리도 언젠가는 사라지겠죠?

남자친구　…

하루　아까 휠체어 탄 사람이요, 나한테 말을 걸었어요.

남자친구　무슨 말을 했는데?

하루　그런데… 못 알아들었어요. 못 알아들었는데 다시 물어볼 수가 없더라구요. 아마 오빠 얘기였던 것 같은데, 내가 알아들은 것처럼 고개만 끄덕이니까 계속 쳐다보다가… 그냥 가버렸어요.

남자친구　… 그랬구나.

하루　오빠가 보고 싶을 거예요. 항상 쑥스러운 표정으로 웃어줬는데.

아버지와 다롱이 마당으로 들어선다.
다롱은 형의 영정을 들고 있다.
마루로 올라와 사진을 제단에 올려놓는 다롱.
남자친구와 하루가 일어나 옆쪽으로 비켜선다.

아버지　오늘 정말 수고 많았네.

남자친구 별 말씀을요.

아버지 (하루에게) 와줘서 고맙다.

하루 … (고개 숙여 인사한다)

남자친구 그럼 저흰 이만… 가보겠습니다.

아버지 밥이라도 먹고 가야지, 시장할 텐데. 금방 지혜하고 지혜에미 올 거야.

남자친구 아닙니다. 또 찾아뵙겠습니다.

하루 다롱아, 나도 가볼게.

다롱 그래, 고마워.

남자친구 쉬십시오, 아버님.

아버지 자네도 잘 가게.

네 사람은 인사를 나눈다.

마루에 앉아 상복의 겉옷을 벗는 아버지와 다롱.

잠시 멍하니 앉아있던 아버지가 마루를 쓰다듬어 본다.

그러다 마루 틈에서 뭔가 발견하고 빼내려 하지만 잘 되지 않는다.

다롱 … 아버지.

아버지 여기에 뭐가 끼어있다.

다롱 제가 빼볼게요.

다롱, 역시 잘 되지 않는다.

아버지, 옆에서 집게를 가져다가 뭔가를 집어낸다.

아버지   이게 뭐냐?

다롱   뭔데요? (아버지에게 받아들고)

아버지   그게 뭐냐?

다롱   발톱… 같은데요.

아버지   어디 줘봐.

한참을 들여다보는 아버지.
아버지가 발톱을 마루 틈에 다시 끼워 넣는다.

사이.

다롱   마실 것 좀 드릴까요?

아버지   시 하나 지어볼래?

다롱   …

아버지   어릴 때 니 형이랑 했던 것처럼…

다롱   (손으로 눈을 쓱 문지르며 일어나 부엌으로 들어간다)

아버지   … 내가 제목을 주면, 서로 먼저 한다고 싸우던, 그 때
처럼 말이야.

사이.

주스가 담긴 잔을 가지고 나와 아버지 앞에 내려놓는 다롱

다롱   (애써 밝게) 제목이 뭐예요?

아버지   구름 어떨까.

다롱   구름이요?

아버지   그래 … 구름.

다롱   (하늘을 쳐다보다가) 구름을 보면 보인다네, 구름이. 토끼 구름, 거북이 구름, 물고기 구름. 호랑이 구름…, 바람 따라 구름이 흘러가네. 흘러가는 구름 속엔, 너구리 한 마리, 원숭이 한 마리, 고양이 한 마리…

아버지   …

다롱   형이요, 이젠 어디든 마음대로 갈 수 있겠죠?

아버지   그렇겠지. 니 형이 그래도 팔 힘 하난 셌다. 잘 날아갈 거야.

다롱   (주스 잔을 아버지 앞으로 밀어준다)

아버지는 주스가 잘 넘어가지 않는지 천천히, 하지만 끝까지 다 마신다.

아버지   니 형이 태어나기 전에, 태몽을 꿨는데…

다롱   태몽이요?

아버지   정원에 녹차나무가 한 가득 자라고 있었다. 울타리까지 모두 다 녹차나무였어.

다롱   … 엄마는 산에서 송이버섯을 캤다고 하던데요, 한 광 주리요.

아버지   (미소 짓는다)

다롱   (아버지를 따라 미소 짓는다)

겨울비가 내린다. 겨울 찬바람 소리와 함께
후드득 맑게 들리는 빗방울 소리.

— 막 —

한국 희곡 명작선 25

녹차정원

초판 1쇄 인쇄일   2019년 1월 16일
초판 1쇄 발행일   2019년 1월 25일

지 은 이   이시원
만 든 이   이정옥
만 든 곳   평민사
            서울시 은평구 수색로 340 [202호]
            전화: (02) 375-8571(代)
            팩스: (02) 375-8573
            http://blog.naver.com/pyung1976
            이메일 pyung1976@naver.com
등록번호   제251-2015-000102호
 정 가   7,000원

※ 이 책은 사단법인 한국극작가협회가 한국문화예술위
   2019년 제2회 극작엑스포 지원금을 받아 출간하였습니다.